Mireille Messier

Illustrations de Carl Pelletier

LUCA

Pirate–chevalier–archéologue–joueur de hockey

Éditions
SCHOLASTIC

À ma maman-lectrice-muse-complice
— M. M.

À Thomas,.Alexis et Mohan
— C. P.

Catalogage avant publication de Bibliothèque et Archives Canada

Messier, Mireille, 1971-
Luca : pirate-chevalier-archéologue-joueur de hockey / Mireille Messier ;
illustrations de Carl Pelletier.

Pour les 4-8 ans.

ISBN 978-0-545-99572-6

I. Pelletier, Carl II. Titre.

PS8576.E7737L83 2008   jC843'.54   C2008-903235-7

Édition publiée par les Éditions Scholastic, 604, rue King Ouest, Toronto (Ontario) M5V 1E1.

5 4 3 2 1   Imprimé au Canada   08 09 10 11 12

Les illustrations de ce livre ont été créées par ordinateur.
Le texte est composé avec la police de caractères ITC Avant Garde Gothic Medium.

— Mais non, voyons, soupire sa mère.
Ce n'est qu'Albert ton toutou vert.
C'est l'heure du dodo, mon chéri.
Allez, hop! Retourne au lit.

Luca se couche de mauvaise humeur,
Ferme les yeux à contrecœur,
Remue les orteils de haut en bas
Et chuchote tout bas, tout bas…

6

abrikidibri

abracadabra

Luca, Luca, Lucadabra!

Du haut de son oreiller,
Le voilà devenu chevalier!

Luca prend son bouclier,
Met son armure de papier
Et part en quête de trésors,
De coupes Stanley, de brontosaures.

8

Il galope à pas feutrés
Sur son fidèle destrier.
Allez! Le dragon est là-bas!
Courage! Courage! Je le vois!

Avec son épée-brosse à dents
Et sa cape ornée de blanc,
Notre jeune chevalier
S'apprête bravement à le chasser.

Une fois à portée du dragon,
Luca souffle à pleins poumons
Et du bout de son fleuret
Éteint sa lampe de chevet.

12

Soudain, au-delà
du château fort,
Une voix provient du corridor :
— Fini les folies, mon coco.
Tu sais que c'est l'heure
de faire dodo!

Son papa-roi vient le border,
Lui donne un bisou sur le nez,
Dompte le fameux dragon
Et retourne dans le salon.

14

Avant de fermer les yeux,
Luca inspecte encore les lieux
Et fait une découverte en or :
Un tas-de-linge-sale-o-saure!

C'est alors que…

abrikidibri

abracadabra

Luca, Luca, Lucadabra!

Le voilà devenu archéologue!

Les fouilles commencent immédiatement!
Strate par strate, délicatement,
Luca déterre sa trouvaille
Entre deux bas et un chandail.

17

Sous le lit, d'autres trésors :
Une momie, un coffre fort,
Des hiéroglyphes, des fossiles,
Et même des dents de crocodile!

19

Hélas, son triomphe sera bref
Car l'archéologue en chef
Déclare les recherches finies
Et recouche Luca dans son lit.

Le sommeil tarde à venir.
La chaleur se fait sentir.
Quand, sans prévenir…

abrikidibri

abracadabra

Luca, Luca, Lucadabra!

Voilà Luca dans le désert
Entouré de dromadaires.
Il n'a pas d'eau, sa gorge pique,
Il a du sable dans sa tunique!

Comme l'oasis est interdite,
Désespéré, Luca s'agite :
— Au secours! J'ai soif! J'ai chaud!
Mon univers pour un verre d'eau!

La sultane du cabinet
Lui apporte son gobelet,
Puis rouspète entre ses dents :
— Bon, il faut dormir maintenant.

Le verre d'eau est si immense
Que la marée monte en tous sens.
Quand, par chance…

abrikidibri abracadabra

Luca, Luca, Lucadabra!

27

Le voilà capitaine de sous-marin!
D'urgence, il entre dans son engin.
Submersion dans **3, 2, 1!**

À l'aide de son périscope,
Capitaine Luca scrute le roc,
Les épaves, les coraux
Vingt mille lieues sous les eaux.

Regardez! Dans la tourmente!
C'est Kraken, la pieuvre géante!
Et d'un tir du revers,
Luca en délivre les mers.

Le soir, avant d'aller se coucher,
Luca aime bien s'imaginer
Qu'il est un **pirate**
chevalier
archéologue
joueur de hockey.

3

Sur son navire de flanelle
Luca crie de la passerelle :
— Mettons le cap vers le nord.
Un dinosaure à bâbord!

Puis, une fois l'ennemi chassé
(Et même s'il est fatigué),
Luca rugit une dernière fois,
Se frotte les yeux
et puis voilà…

31

— Fais de beaux rêves, chuchote son père.
— Pas de puce, pas de punaise, murmure sa mère.
Mais Luca a déjà largué les amarres
Et vogue doucement vers une autre histoire.